U0057251

香水的餘地

雪董

【推薦序】尋找交點

與雪堇的認識……對，我們不認識，除了文字之外。這很好，沒有其他轇轕，序寫起來也可以很純粹，無需俾什麼面。《香水的餘地》收錄了三十三篇作品，很多作品都有亮點，當然也有些語言砂石問題，但作為年輕一代的詩人，這不是什麼大問題，日後歷練的機會多的是。

當然，我不是隨便給人寫序的，過去亦推託了不少，主要原因不是「牛咁大個鼻」，而是覺得自身水平與識見實在是難登大雅之堂，勉得徒添「序」孽，累人累己。但今次的確是個例外，而且還是例外中的例外，這裡緣於我問的一個問題，以及雪堇的回應——

「為什麼要找我寫序?」這的確是我的疑惑,畢竟能入選《澳門文學作品選》又是《澳門日報》作者應該可以找賀綾聲動筆,同時她又是別有天成員,找盧傑樺不也結了?要不從身份學的學角,同為女性詩人,又主寫短詩的,找袁紹珊便是。他們個個有名,寫詩功夫了得,為何要來找我這既無身份,又學藝未精的路人甲呢?難道時下請人寫序都好像創作一樣需要另闢蹊徑?

正當尷尬難當之時,那有趣的應答卻把這一抹而去。原來這裡既不是因為你寫得很好,仰慕已久,又不是你地位尊崇,找來貼金,而是直截了當的回應:「我們的詩有某些共通點。」

就是因為這句話,我雖然忙得想死,但也只好立馬把這苦差事答應下來,畢竟我很有興趣想知道自己會與雪堇有什麼共通點?所以無庸諱言,我這次寫的序是有預設性的。

尋尋覓覓,可惜的是當我匆匆把詩看了一遍後,真有點納悶,這裡哪門子共通啊?我酷愛組詩或長詩,如〈寓言城市〉,但她寫的主打卻是結構輕巧的短詩,如〈累贅〉;我鍾意玩形式做實驗，如〈詩的科學方法〉，但她寫的卻首首規整，合乎方圓。還有我主題傾向懷舊，對新近之物尤為抗拒，唯她卻與〈臉書〉、〈無線網絡〉為伍，毫不避諱。要不是語言風格?不，我那種口語化的長句改造與那種精練的詩化典型句式實不可同日而語。總體而言，讀罷《香水的餘地》全稿，感覺就是我這小混混邪派要受到正派的小可愛感化而立了。

確乎，小可愛的詩確很可愛，也給人溫暖，如「我們可以一直牽著手嗎／讓相握的手盤繞成根／繞出沒有邊界的地圖」（〈梯邊小花〉）「我們沿途留下煙火的氣味／任其在空氣中飄浮／每個粒子都是自由的蒲公英」（〈煙火——致別有天詩社〉）。

這種纖細的情感累積，在輕淡中漸漸被塑造成為一種存在形式，尤其在越短的詩作中，其發揮更是穩定，充份平衡了文字與思想的比例，如〈稻穗〉一詩就說明了這個問題。

原本，雪堇應該更加強化這種女性的柔化詩意，讓世人玩味的，未來獲得的掌聲亦應該會多些，但她卻總擁著「錯誤的覺悟」，在〈化粧舞會〉上擔當「不媚世俗的詩人」，不少詩作都投身到現實批判的大火堆中，〈演唱會——記於美國科羅拉多州槍擊案三個月後〉、〈他們〉、〈颱風〉、〈發展〉、〈那一夜的政改諮詢會〉、〈桃花崗——寫於案件開審之前〉……等等例子可以說俯拾皆是。

我們就以〈那一夜的政改諮詢會〉作分析藍本：「『社團身份』配搭『個人身份』同時出招／變色龍把玩著身上的色彩……人們開始離席／曾笑看對岸那齣《動物農莊》的他們／現在也笑不出來／『還真是演技精湛的劇團』／他們從齒縫迸出一句／在黑夜和疾風中／拳頭卻一個個握得死緊」。

雖然這裡充斥著不滿，甚至凝結成抗議，但我們可以看到雪堇處理這類的題材不是單純的在反映事實素材，亦不流於敘事性和口號的構建，她反而更為著力於探尋世人所共有的社會實感，這是很難能可貴的，亦與筆者追尋的方向相同，但由「『社團身份』配搭『個人身份』同時出招／變色龍把玩著身上的色彩」這兩句可以看到她比筆者走得更遠。過去詩人葦鳴就這樣評過筆者：「志鵬和懿靈最不同的地方是，他更兼具一位學者的平和、理性、洞察世事和人情練達等等特質」（《黑白之間》序）。若然雪堇你能看得透這段「批評」的話，你就必然明白你的力量，以及優於我的地方。

記得在多年前看到馬諾赫的〈不寫〉，我很喜歡，並把它抄寫在筆記本內，現在轉引給你。「我不知道要寫什麼／我能寫，這些人變成人行道上的地毯／在寒冷中哆嗦／我能寫，這些墓地就是村外的同一墓地／如今已移到鎮中心／使我的迷惑倍增／不，我的筆沒有能力去寫這些事／我不知道要寫什麼」。相信這首詩所呈現的境界，可以有助你解讀自己，以及提升自己。

第八次通讀，我依然在努力尋找如初，突然，頓悟——，我想終於找到那交點了，原來就是我對你詩作的稔熟和了解，你的詩我無一不清楚明白，看開場，基本已可猜到中段的鋪排，看到中段，已知全詩的表達重心，絕大部分作品都能在預估之內，這種詩人與讀者間的心意相融，實不是共通者而能知之。

「今晚／我們仍然站在暴風的中心／挺胸堅守／暴風後　星光更亮」（〈星空〉），

在《香水的餘地》中我看到雪堇堅實的希望，還有那句老話——不忘初心。

澳門名詩人　呂志鵬

【推薦序】那一年澳門在下雪

雪堇，如此浪漫的筆名，到底是一個怎麼樣的詩人呢？閱讀雪堇詩作時，我其實有點驚訝！《香水的餘地》並不是一本談情說愛、風花雪月的詩集，有時甚至感到雪堇「必要而不可能」的向我們喊話，看似不留餘地，下刀前又委婉了三分。

那是一種無奈嗎？是一種溫柔？或者還有隱隱的不認輸。如同雪堇在作者介紹時特別強調，他是非典型雙魚座，就我來看，他還是非常雙魚座的，而且是很深刻的雙魚座，浪漫一旦極大化，雙魚座對於生存環境的觀察與抵抗，是非常澎拜的（雙魚座除了藝術家，也出了不少革命分子呀）。

在《香水的餘地》中，你可以強烈感覺到雪堇對於澳門社會現況與世界時事的關心，雖然用的也許是舒活的自然意象，指涉的卻是生活中的犀利議題，如在〈他們〉「覓食從來就是向上爬的過程／彼岸的猴子尚未交配／卻早已學懂」往前探去，觸碰到叫不醒人的鬧鐘、聚集的賭桌、鐵飯碗的競爭、警察、直到蓮花都不那麼蓮花，宛如小小的寓言。〈怪物〉三部曲，更像微驚悚片，令人印象深刻。〈怪物—飛蛾〉「倖存者從此選擇了淺褐色／選擇了顏色一樣的衣櫃」是的！我們都有衣櫃，大多是褐色系，有時塞滿到不願意碰觸，就怕慾望或其他不願被人發現的，有天被人敞開來譴責，而我們害怕那些我們不曾做的，至此把自己綑綁、變乖，忘了自己曾經可以是一隻飛翔的蛾。〈怪物—孿生〉更是精彩，喜帖、愛、從各種身體部位流出的血、吻痕、石榴（其實石榴內部長的真的很像和血吞的牙齒阿）全篇以血色貫穿，有一種恐怖大師伊藤潤二漫畫作品《血玉樹》的畫面感，而表面看似奪愛的戲碼，也可能是自己和自己分裂的殺戮，十分有想像空間。

不止小說家，詩人同時也記錄著時代，雪堇除了擅長使用各種自然元素（我一邊看一邊查著那些不熟悉的專有名詞，有一種生物索引的奇妙副作用，意外得到許多小知識），也使用當下現代人生活中的物件，例如〈無線網路〉「要多少個詞語來描述你的位置／你是一道上鎖的Wi-Fi」、或是辦公室中〈親密的隱喻〉「公司四周都有閉路電視／還是我要努力偽裝／做你手上那枝筆」。

詩人大抵都說愛，雪堇選出來的情愛不多，但都能扎出血來。無論是〈奔〉「我仍然可以／把痛意／把你的名字／如珠寶般緊鎖喉間」；〈拼圖〉「我無法下刀／因為／微調你的笑容以後／彎月將從此被削去一半弧度」。無論靈感來源指涉的是一個人、一隻貓；是愛情或是親情，都像雕刻刀一般，躲開卻還是留下鑿痕。而母親或妻子的形象展現，是詩集當中令我特別難忘的（邊看還邊畫上星星記號）：〈繪本發佈會〉「正如母親用十年的木材造成紙漿／彎著腰壓成了一百頁」媽媽握住孩子的手，一筆一筆，終繪成畢業的夏天；〈稻穗〉「當塵埃悄悄攀上他的雙腳／她願意彎下腰為他驅走／她早已化成一株稻穗／只要他一回眸／金黃的身姿／閃閃發亮」，天啊！我根本就已經淚崩！（咦？寫序這樣太直白了吧？）天啊！這真是太令人動容、淚流滿面！（有點做作了？）（算了啦！）

「已哭」！

自從讀《香水的餘地》，便習慣看到詩集出現的動植物，就立刻google一下，寫序前忍不住估狗了「堇」：相傳有一次眾神在欣賞堇花的美麗時，愛神維納斯轉身詢問兒子邱比特：「堇花和我，誰比較美？」不料邱比特竟回答：「當然是堇花！」（也太誠實），維納斯一怒之下便以皮鞭掃向堇花，使原本單色的堇花留下傷口，而增添了色彩和紋路。而美麗的蝴蝶堇（又稱三色堇、貓臉花），形狀也像是人們皺著眉頭，所以也有「沉思」、「憂慮」的花語。因傷痕而綻放的美麗，沉思而憂慮，正巧像是雪堇在詩中所讓我感覺到的形象。而堇花雖喜冷涼，但無法在艱困的雪地生長，她偏偏要「雪堇」。是一種固執、美麗卻也充滿希望。就像從詩裡認識的雪堇，乍看柔弱浪漫，骨子裡卻是理性而堅毅；看似慨嘆悲涼，卻透著絕對正向。對八〇後的我們而言，既能同理又能強心。

當生物界的具體形象和所謂文明與制度同時經過，令人看見一座又一座都市叢林的圖像，那些看似大家努力追求的、卻同時禁錮了大家；那些看似明白的，卻是裝睡醒不來。

生活環境有一種半窒息的無奈，快死了卻偏偏還活著隱約一口氣。雪堇令我印象深刻的，並非是有病呻吟的指出病灶，而是一種就算環境如此限縮艱困，無論職場、升學環境的傾軋、愛情或親情間的犧牲，詩人仍要呼吸他要的氧氣，仍要爭取一絲陽光，那樣頑強的生命力和堅持，即便穿上水泥製成的西裝，也要打上藤蔓的領帶，看似依附無法動搖的現實，卻一有機會就要向自由蔓生——或者還要勒住僵化制度的脖子。

是另一種，爭氣！

而香水，除了蒸散無形外，沒有生存餘地。但竄過你鼻子，你總得想念。

是另一種爭氣！

台灣・聲優詩人　嘉勵・賈文卿

嘉勵・賈文卿（洪嘉勵）

台灣詩人，廣播金鐘獎得主，現為國立教育電台製作人、主持人。配音員、聲音訓練師、創意課程講師。初老時出了第一本詩集《出詩婊》，近期作品散見於黑眼睛文化《衛生紙》詩刊。

專頁：嘉勵・賈文卿—出詩婊、左派公主

【推薦序】雪堇精心構築的詩性世界

記得二〇一四年六月份，時任澳門日報〈鏡海〉版編輯的國偉兄，要我為該版「文學新氣象」的作者雪堇寫一篇短評，其實我與雪堇素未謀面，只能從她的詩中感受到她有一種特殊的情感表達。我認為詩的形式並不重要，重要的是寫詩和為人一樣，只要真誠自肺腑流出，才會讓人感動！我之所以有這種感覺，是因為詩歌作為一門語言的藝術，她是一種心靈的獨白，是生命體驗的回音，更是一種生活方式的真實寫照。正因為這樣，一個優秀的詩人，都有一種對詩歌語言的敬畏之心。不可諱言，時下有些詩歌語言不是深奧難懂，就是淺顯做作，有的結構鬆散、語言冗長，讓讀者不知所云。應該說，不是所有寫分行文字的人都可以成為詩人。我讀雪堇的詩，總覺得她帶有女性生命體溫的心靈翔舞，用真誠來書寫生活的幽婉之歌。當時我在短評文中就提到：「雪堇有自己的『聲音』，有自己的表達方式，那就是有真摯的情感。」

時間過得很快，轉眼又是二〇一六年春天，雪堇將出版第一部詩集《香水的餘地》，又是國偉兄要我為這部詩集寫序。雖然我還不認識雪堇，但這並不重要，重要在於認識她的詩。從雪堇這部詩集中我可以讀到，她的詩有著對生活的熱切期待，其中有縷縷的溫情，也有綿綿的惆悵，這都是青年人內心中常有的一種特殊感情。雪堇詩中繽紛而亮麗的感性文字，仿佛點點的星光分行閃爍於幽藍的夜空中。也許，她習慣於夜闌人靜時分思考人生，在與生活的對話中打開自己的情感天地，從而去探究人生。其實，人生本是一個不斷求索的過程，這個過程也就是一首未能完成的詩。每一個人在年輪的更迭下，都希望守護著自己的一棵緣樹、一片葉子、一抹藍天；每一位詩人都希望在靈感起飛的時空裡，為生命增添重量，為生活增添色彩，為命運盡情歌吟。從這一角度來看雪堇的詩集，她在詩中走過的每一個足印、每一個匍匐的姿勢，都是一種情感的飛越和心靈的飛翔。

雪堇《香水的餘地》這部詩集其主體審美經驗與「八〇後」女性的內心與情感彼此互動、相互滲透，其中所營造的意境躍動一種帶有啟示性的東西，不僅能夠增進讀者對於「愛」的形象理解，而且可以激發我們對於詩歌寫作的深度思考和關注。「塵土沒有停止紛飛／我們可以一直牽著手嗎／讓相握的手盤繞成根／繞出沒有邊界的地圖／一如我們從沒停止吟唱／就在石級和石級之間／長出彼此的太陽」（〈梯邊小花〉）。她以這樣方式觀照自我內心的情感世界，通過「小花」這個意象，增加了生命的歡愉。而「在懷裡細看那熱情花色／卻對上突兀的一點白／細長的花被管裡／是否埋著你深藏的心事」（〈簕杜鵑〉）。我們都能從詩中感受到雪堇那種柔性而美麗的憂傷，也可以從她對愛情的詩性言說中，感受到女詩人身心交融的詩情畫意。我們同時也可感受到，雪堇「深藏的心事」在快樂和憂傷中，在多彩的自然天地間，在多重的想像中任意遊走，在營造諸多生動多姿的詩境過程中，盡可能打開一個女性所體驗到的情感世界，同時蘊藏著自己對於生活和人生的深刻感知和思索。

雪菫的詩呈現的感受方式帶有自身的生命體溫。她總是善於深入到自己的內心世界，以此來觀照外部世界的事物。一首詩營造的空間其實就是詩人自身心靈空間的寫照，也就是說，詩作為心靈的產物，應是內在心靈的獨白。雪菫詩歌常常以獨白和絮語的言說方式，來處理內在的精神世界與外在的經驗世界。因此，她有時恰似一個夢中人在自言自語，訴說人間的親情、愛情、友情和說不清道不明的女性情懷。

你遞給我一杯雞尾酒
特調的
你剛好喝了一半
迷幻的燈光混和著你的鼻息
我們相擁著走出酒吧

找一個空曠的地方數星星
然後在黎明時分
開始　交換日記

長睫毛加休閒襯衫牛仔褲
翻開封面之後
每一頁卻是那麼平白

跨過電腦屏幕尋找虛寶
你沒聽見我關門的聲音
走入場景跟主角一同流淚
我沒能打動你閉合的眼皮

我們甚至為了
某兩頁夾著女性友人的贈券
劃過楚河漢界

帶著半醉的我在讀
熟睡的你一轉身
那刻著我唇印的手環
也揮出一弧銀色的微笑

——〈日記〉

詩中所呈現的「你的鼻息」、「關門的聲音」、「一同流淚」、「我唇印的手環」等的一連串意象來進一步擴大詩歌的心靈視界。可見，雪堇的詩歌不是簡單地對外部事物的描摹，而是透過內心觀照對事物進行感應，把自己的經驗和情思滲入鮮活的形象中。「無法阻止喜帖的送達／就如我無法阻止／她勝利的神態／她搶過　我品嚐到一半的石榴／鏡子在逃跑中碎掉／這是只有我和他的房間／石榴重新結在他的身上／血如肉汁流出／從他的吻痕中　她的牙縫中／反正喜帖就是血的顏色／是我雙眼的顏色　沒差」（〈孿生〉）。詩中的情境，形象、感覺、語彙、句式和格調，都帶有鮮明的個性色彩和女性細膩的情感。「他一身西裝的背影／在柏油路上　在結婚當日／還是一樣的高／當塵埃悄悄攀上他的雙腳／她願意彎下腰為他驅走／她早已化成一株稻穗／只要他一回眸／金黃的身姿　閃閃發亮」（〈稻穗〉）。詩中依然付出自己的愛戀，付出自己的心動和心痛，展開了她情感的苦旅。詩意空間雖小猶深，且包孕了深切的情感體驗。

從某天開始
遺憾就在臉上結出一道道疤痕

與旁人的蔑視相對
她不知道
哪裡有賣去疤的藥

風景人物在漩渦中扭曲
混和著　下個不停的雨
在她眼前流過
她分不出
流過的是雨水　還是淚水

她嘗試把兩扇窗都大開
卻找不到月亮

連星星也沒有的黑夜
拿起酒杯斟酒
也只會斟出一樣的漩渦

把空酒杯放回原位
停在半空的手維持著花的形狀
當蝴蝶飛越黑夜
在她手背輕輕降落
她終於記起
每個迷失於惡夢的夜晚
總會有同樣的微溫
輕暖著她的手心

她找到了
他仍在尋找

——〈蝴蝶——記抑鬱症患者〉

雪堇那顆柔軟的心似乎變得有點低沉和蒼涼。這種對愛的人生的熱切期待與現實人生的無奈，正是人生悲劇性二律背反的充分體現！在雪堇的詩歌中，有時是隱約地表現出女性的柔軟，有時是以高亢的聲音來抵禦內心的傷痛。而難能可貴的是，她始終忠實於自己的內心感受，精心構築自己的詩性世界，在生命體驗的基礎上展開想像翅膀，自由飛翔於詩的藍天。

除此之外，當雪堇的筆觸指向更為寬廣的現實世界時，其價值取向和對真善美的崇尚蘊含其中。當美善遇到醜惡，詩人並沒有選擇回避。她常常將現實生活中不盡如人意的境況，乃至現代人的生活命題納入表現視野，讓詩歌的內涵和意境顯得更加多元。例如：

我們曾幾何時相信
猶如投幣到扭蛋機一般
往水井投下一句句
心事
花就會在轉角處盛開

曾幾何時
啃光了幻想以後的　我們
猶如考卷缺失了選擇題
只能用雙手拉起
一桶桶沉重的答案

路過的時光忘了發條
水井仍維持著向天的姿勢
那久被遺忘的水聲
沒有停止沉吟
一個城市的命題

——〈亞婆井〉

對於一個詩人來說，詩不單止是對生活的深切追問，同時也是對藝術的靈動追尋。雪堇穿越深邃而悠遠的歲月，尋覓散落於亞婆井的音符，道出了「一個城市的命題」。就雪堇詩歌內涵和藝術特質而言，她依然保持著嫵媚動人，情思眇綿的美和感召力。她的詩更多地表現自身情感的具象化處理，顯得輕靈委婉、本色本真，有一種動人的感染力。她的詩還擅於採用通感手法，或以陌生化的語言來抒寫自己的情緒，很多詩句都具有審美張力的效果。

從雪堇《香水的餘地》這部詩集所收錄三十多首詩作來看，無論是語言的表達還是詩意的營造，都有自己的詩意空間和一種獨有的人生境界。詩人面對複雜的情感，或選擇了用簡約的詞語平淡地敘說，或展開遙遠而親近的起伏抒情，語言凝練乾淨，大多詩句直白透澈，卻意趣橫生，富有意味，頗能獲得讀者的共鳴。看得出，雪堇近年來的詩歌創作正慢慢走向成熟，這表明她正在超越自己，在詩歌創作中沿著更寬闊的美學意義和理想的方向邁進。在此，我們有理由對她投以更高的期待。但願這位八〇後的女詩人徜徉在現實與理想之間、傳統與現代之間、自我與世界之間，不斷地走向藝術的新天地。

澳門文學評論家　莊文永

二〇一六・四・八寫於澳門理工學院

【推薦序】聽雪堇唸詩

第一次聽雪堇唸詩，好像看見了王家衛的經典電影，出場人物是熟悉的梁朝偉與張曼玉，表面上看起來永遠那麼拘謹，但緊緊繃著的西裝和旗袍底下，總有情慾的海在翻湧。那感覺是懷舊的，可是每次看都覺得像新的。雪堇唸詩，像電影中的旁白，把我們心底的什麼重新挖掘出來，用她的詩再上演一次。

或許因為我自己也剛出了詩集，正進行著一連串的朗讀活動，所以特別想聽聽其他詩人朗誦的聲音，我覺得朗讀的聲音除了可以代表一個詩人的性格，更可以代表著詩人對自己「身為一名詩人」的期許與定位；在雪堇的聲音中，我感覺她對自己的詩是自信的，透過詩，不論要向世界傾訴的內容是什麼，她就是有種勇敢與無礙，那是我花了許多許多年，如今才逐漸獲得（且仍在持續惡補中的），足以成為一名詩人的必要條件。

雪堇唸詩，用的是粵語，一個除了香港電影之外，我並不熟悉的語言。除了語音優美，更令我驚訝的是，她的詩用粵語讀起來的感覺和普通話竟是那麼的不同！在聽她唸詩之前，她的詩就只是詩，聽了她唸詩之後，她的詩竟然變成了電影，四周的顏色，人物的表情，甚至氣味與觸感，全都飄然降臨，有了合適安放的位置。

「趁你閉著雙眼沉睡
我繞過你的夢
悄悄降落於　你的床沿
用多出來的體重
換取這難得的距離」

——〈拼圖〉

雪堇的聲音沉沉的，像把自己抽離於事件本身，明明身在其中，卻將視線投向遠方，目送一切離開。在愛情之中，或許是缺乏自信的，但一旦將自己視為一個全知的角色，俯瞰著事物，定下註解時，又是那麼地斬釘截鐵——這或許是身為一名女性詩人，與生俱來的預知能力，彷彿手邊永遠有個水晶球，告訴妳故事的邏輯最終會如何拼湊。

「據說　我們從此安靜
每天都在學習加固堡壘
只是無可避免 我們總在字句之間進攻和退守
面對嫵媚的外敵和其他
一雙粉晶耳墜在耳邊搖晃
戰事 看得見或看不見

都不會完結」

——〈女將〉

聽雪堇唸詩，不僅像在看電影，在我印象特別深刻的這首〈寵物〉一詩中，我好像還看見了一部黑白色階、哲學滿溢的紀錄影片。

「我坐在地上看著滿城死灰
兩隻幼龜在旁邊悄悄蛻皮
小嘴開合
那是近乎不可聞的話語
『世界小如瞳仁
你就是我們的一生』」

詩人並不是將自己放置在一個高處，而是坐下來，傾聽動物說話，看來那麼殘酷的一首詩，直到滿城死灰了，詩人仍與其關懷的對象保持著一定的距離，沒有多餘的話語，只是靜靜觀察、傾聽，那是她傳遞溫柔的方式。

另外，在我的觀察之中，雪堇有許多詩並不刻意押韻，卻有著流行歌詞的況味，它們給予讀者親切感，卻又不落俗套，彷彿只要一起唸（唱）出某一首詩，就能起到療癒的作用，比如這首〈梯邊小花〉：

「塵土沒有停止紛飛
我們可以一直牽著手嗎
讓相握的手盤繞成根
繞出沒有邊界的地圖
一如我們從沒停止吟唱

就在石級和石級之間
長出彼此的太陽」

如詩，如歌。或許有一天，我們便能看見雪堇的詩被譜上了曲，在人們口中傳唱，或許人們，就能因此對詩有多一些的體驗與喜愛。

這本詩集的書名，雖然給人一種「熟女」的感覺，但越到後面，越透露出詩人其實是年輕的，因為青春熱血的主題開始出現了，詩集名稱「香水的餘地」顯然無法圈限詩集裡頭的多元題材。雪堇不但書寫人際關係，更書寫社會事件、網路現象、國族認同，她不是一個只會把自己關起門來寫詩的詩人，更多時候，她走出書房（或是廁所？）的門外，對著外頭喊話。

「我們不會忘記

點亮數千星光的那些天
在畢業禮會場外
在立法會大樓外
即使　我們哽咽唱著
泡沫一樣的歌」

——〈星空〉

明知是終會消解的泡沫，卻仍要放聲歌唱。在前面所提到的題材裡，詩人將自己的位置流放到事件的邊緣，但在這裡，卻從安靜的觀察者，或說被動的消極者轉為疾聲動員的社會參與者，詩人的雙面性格在此表露無遺，然而，面對各種內外在世界的各種變動，詩人總是用詩來安撫自己。

聽雪堇唸詩，內心受到極大的震動，至今卻未能見上她一面。我想這是詩人與詩人之間神秘的緣分吧。

寫序的時候我在一家品味不錯，卻不致於過於安靜，就是連小孩都可以帶進來，稍微吵鬧一點也無妨的咖啡店裡；當然此刻孩子並不在身邊，我才得以靜靜地書寫，除了這個極為重要的理由，我還喜歡它的地方在於，這裡有各種口味的鮮奶茶。

此刻讀著雪堇的詩集，我喝下一口眼前的太妃糖奶茶，這濃郁的香氣喚起我的記憶：某次我與一位女性友人討論著一齣戲的情節，當時她正抽著一根口味與此極為相似的捲菸，我好奇向她要來一小撮菸草和一張捲菸紙，把那個片刻捲進了菸紙，點燃後看著菸絲緩緩捲起的樣子。如此，時間便有了味道。

雪堇的這本詩集，除了集結自己寫詩八年來的創作精華，裡頭有愛情、有理想，更與當代的社會風景有相當緊密的結合，我在台灣的這頭讀著，彷彿也聞見了雪堇所敘述的那些時間裡，粵語翻飛的澳門天空之中，那些曾被點燃的煙花，沿著引線一朵朵開了，又隨即熄滅的氣味。

氣質女詩人　游書珣

目錄

梯邊小花

硬幣掉了要撿起來
被子晾在外面要收起來
歲月的長梯上
我們以不同的角度彎著腰
回憶自兩旁大廈的外牆
逐漸剝落

塵土沒有停止紛飛
我們可以一直牽著手嗎

讓相握的手盤繞成根
繞出沒有邊界的地圖
一如我們從沒停止吟唱
就在石級和石級之間
長出彼此的太陽

女將

（上）

逢星期一至五早上
我已經習慣
把西裝每一處燙得筆直
讓盔甲
挺住這一身浮萍

名字只是浪尖
無數稟報和指令洶湧而來

未知下一封是電郵還是暗箭
硝煙在空氣中充斥
沒有香水的餘地

已經忘記是什麼時候弄丟了
我那另一半粉晶耳墜
每個晚上
我蜷縮著等待
那未知的歸還情節
如種子裡蜷曲的芽
等待破殼

（下）

陽光把我從蜷縮中驚醒
身旁的簽字筆卻早已僵直
無論是獨行還是聯軍
我們只能一次又一次駐紮在
不會長久的營地

漸漸　所有劍刃都揮向城池
護城河上的我們銀光閃爍
究竟刀劍和城門哪邊先倒下
有人遞來一紙證書
全世界都沉默了

據說　我們從此安靜
每天都在學習加固堡壘
只是無可避免　我們總在字句之間進攻和退守
面對嫵媚的外敵和其他
一雙粉晶耳墜在耳邊搖晃
戰事　看得見或看不見
都不會完結

化粧舞會

踏上那條未曾選擇的路
他們從夢境走向天明

佛洛斯特的詩句仍在耳邊
卻眼見那繽紛的請柬
照亮一張又一張　平凡的臉
陌生的臉

他們張著天真的雙眼　跟著期待

朋友的邀請
因為害怕寂寞
即使他們不擅化粧　不慣華服

迎合這化粧舞會的規則
他們戴著面具　叫著別名
在一個個新朋友之間周旋
分不清誰是誰

他們被邀到舞池
跳著不太熟悉的華爾茲
牽著不願引領的另一雙手

漸漸　音樂停止了

音樂停止了　並沒有什麼留下
只有舞伴沒有笑意的眼神
還有久久不散的耳語——
「不媚世俗的詩人」
「不唱情歌的歌手」
「不趕潮流的青年」

註：羅勃．佛洛斯特（Robert Frost），〈未曾選擇的路〉（The Road Not Taken）一詩作者，美國著名詩人。

煙火

——致別有天詩社

從商廈探頭俯瞰
大街上行人奔波如蟻
即使朝反光幕牆如何走近
也映照不出自己

不知道所謂的目的地　或者歸宿
我們逆著人群出逃
只要一片夠暗夠靜的綠蔭

點上幾根煙火
足夠照亮紅潤的臉容
以及前方一小段蹊徑
即使那閃閃的火光
就如高掛的北極星一樣微弱

我們沿途留下煙火的氣味
任其在空氣中飄浮
每個粒子都是自由的蒲公英
又期待　有誰握在手心
有誰循著氣味在叫喚

我們漸漸學會圍成一個圓
讓火花集合而高舉
沒有刻意編排華麗的效果
我們的五官明亮而清晰

稻穗

他一身西裝的背影
在柏油路上　在結婚當日
還是一樣的高

當塵埃悄悄攀上他的雙腳
她願意彎下腰為他驅走

她早已化成一株稻穗

只要他一回眸
金黃的身姿　閃閃發亮

演唱會

——記於美國科羅拉多州槍擊案三個月後

演唱會從來不在白天舉行
因為在黑夜才能做夢
一如屏幕上的敵人和戰火
用電腦程式虛擬
他一換裝　便成了英雄
各組射燈早已迫不及待
只等一段副歌

就能為他搭建一道　鵲橋
連上觀眾席上一顆顆星

在這裡　他就是最大的一顆
他按撥琴鍵起伏
所有星星也跟著晃動
他喊出一句「說我愛你」
繁星就會繞著公轉

吶喊著「我愛你」的軌道
然後期待最燦爛的煙火
然後　黑夜還是黑夜

當音符如潮水完全退去
天空泛起詭異的紫
我認得那棺木的顏色

三具　棺木合上之前
我們都曾經瞻仰他們的遺容
和槍傷

一柄不屬於警察的手槍
將蝙蝠俠的電影音樂
射出三節休止符

他們就用血
栽了整張五線譜的玫瑰

當肉體逃不出
等價交換和化學作用
那三面國旗從未鬆開懷抱
正如
那滿園的玫瑰從未凋謝過
即使沒有電腦　沒有射燈
也沒有琴

簕杜鵑

從來只覺得太陽過於刺眼
直至　你用你自信臉龐
擁抱那一襲鮮明

彷彿生怕我的錯過
簕杜鵑發了滿眼的邀請函
連藤蔓似的手也大膽伸出
把我拉進那寬廣懷抱

在懷裡細看那熱情花色
卻對上突兀的一點白
細長的花被管裡
是否埋著你深藏的心事

純白末端學著花苞　微張
你雙唇也在嘗試　安撫的弧度

花苞的鮮明不曾褪落
我讓抱緊的雙手　稍稍鬆開
簕杜鵑本該蔓生
如你

馬路上的遊吟

是脹得要爆的衝動
還是不自在的收縮
我們都只是水銀柱而不由自主

趁焦躁還未脫韁
服下一帖　車資補貼的麻醉藥
與選擇權無關
誰人不想得到廉價的快感

快感卻只是一個氣球
在時間和乘客的擠壓中
在車廂中　泄氣

於是有人不惜出價競投
一程的自主權
要不就是賭場酒店碼頭關閘
或者是司機糾結的五官
人在舊區的他　輸了

我們都卡住在繁華而擠塞的馬路上
有誰瞥見

汽車的尾氣逕自飄去
名叫青天的出口

他們

為了對抗寒風和胃酸
候鳥飛過
一個季節的距離
他們看著一雙雙陌生的羽翼
慨嘆吃得到的魚　少了

水果結在樹上太高
覓食從來就是向上爬的過程
彼岸的猴子尚未交配

卻早已學懂
只是　還在慨嘆著的他們
沒有時間補一節生物課

除非鬧鐘指向最優越的角度
否則他們懶得醒來

在夢中　他們聚集
圍成數十桌賭枱
賠率一千三百賠三十
日思　夜賭
為了冷氣房裡的鐵飯碗

直至警察大喊查證
他們才稍稍收起　貪戀的目光
每一張身份證上
都刻著　跟我那張一樣的蓮花

亞婆井

我們曾幾何時相信
猶如投幣到扭蛋機一般
往水井投下一句句
心事
花就會在轉角處盛開

曾幾何時
啃光了幻想以後的　我們
猶如考卷缺失了選擇題

只能用雙手拉起
一桶桶沉重的答案

路過的時光忘了發條
水井仍維持著向天的姿勢
那久被遺忘的水聲
沒有停止沉吟
一個城市的命題

那一夜的政改諮詢會

這夜的文化中心很熱鬧
五十萬雙盼望的眼睛
終於把星空燒出一個空缺

猶如一場演出沒有爆滿
猶如一件藝術品出了瑕疵
劇團以一貫浮誇的速度
公開招募以至逼爆現場
試圖補上缺失的星星

有人交上螻蟻的履歷
或以蜜蜂的姿態登記
總算擠進會場
誰也沒料到　面試跟玩遊戲機一樣
都有密技
「社團身份」配搭「個人身份」同時出招
變色龍把玩著身上的色彩
翩然就座

有時選角過程比公演劇本更詭譎
展露過一雙銳利鷹眼

一雙滄桑羽翼飛出高遠弧度
全場拍掌
總不及一張鸚鵡般的嘴
把西裝筆挺的班主逗得點頭

人們開始離席
曾笑看對岸那齣《動物農莊》的他們
現在也笑不出來
「還真是演技精湛的劇團」
他們從齒縫迸出一句
在黑夜和疾風中
拳頭卻一個個握得死緊

星空

今晚的天空
和曾經穿過的畢業袍一樣黑

從校園開始
我們築起批判的長梯
那是他們教的
每一堂課我們拿起文字和聲音
打造前方的每一級
足以穿越

不知名的雷雨和霧靄
一起　直視銀河

但當某幾顆星星突然墜落
他們展開一張張防護網
「星星的明滅一如學年的更迭」
面具是從什麼時候戴上
他們說話時的表情
我們已經看不見

我們轉換成匍匐的姿勢
在臉書上搜索

一顆顆漏網的星屑
火花警告著燙傷的危險
當再次登上長梯
我們雙手都沒改變過
緊握的力度

我們不會忘記
點亮數千星光的那些天
在畢業禮會場外
在立法會大樓外
即使　我們哽咽唱著
泡沫一樣的歌

今晚
我們仍然站在暴風的中心
挺胸堅守
暴風後　星光更亮

怪物三部曲

一．默片

是不是因為
更表上的色塊太熟悉
如網路上的電視劇
我們跳過戲碼
直達結局

我們是每天九點六小時的鄰居
在指定的時間和飯堂

我們還有
選擇頻道的權利

我們選擇留在屋內
自家門檻後面
當有人首先裝上了紗簾
所有鄰居都跟著裝

我們緊握門柄半開著門
透過門縫對望
手機上不時播放千里外的耳語
誰是誰非　自白和閒話

「找不同」的遊戲隨時悄悄開始
從不歇斯底里

維持著緊握門柄的姿勢
訝異於找到的奇形怪狀
更表的拍子太快
手機的喉頭沒有停止滾動
大家都忙於關上門

就這樣　大家訝異於彼此的
哨牙鷹鼻疤痕禿額單眼皮水桶腰
略過了眼神來回的戲碼

略過了開口
直接按鍵選擇　飯堂中
各自的默片

二・飛蛾

一雙雙禮服和婚紗
我們都習慣這樣
粉飾太平

微小而狂狷
曾經有一群飛蛾
跨越了慾望的邊界

打翻了一隻隻平凡的水杯
於是有人開始撲殺
包括蛹

倖存者從此選擇了淺褐色
選擇了顏色一樣的衣櫃
因為一關上櫃門之後
存活的問題
情慾的問題
通通關掉

他們被禁止進入　教堂

無論喬裝成任何身份
白色以外的一切都是怪物
可是　在我身旁停歇的飛蛾們
並沒有曾經撲向誰

三·孿生

無法阻止喜帖的送達
就如我無法阻止
她勝利的神態
她搶過　我品嚐到一半的石榴
鏡子在逃跑中碎掉

這是只有我和他的房間
石榴重新結在他的身上
血如肉汁流出
從他的吻痕中　她的牙縫中
反正喜帖就是血的顏色
是我雙眼的顏色　沒差

蟄伏於鏡子的縫隙
冒出於房間的角落
就如血和淚是不同的鹹味
剛才床上那個　不是我

那又如何解釋
什麼正從那充血的雙眼掉落

曾經在數不清的時刻
我倆互相質問
對峙
甚至逼迫著誰掐死誰
我們有著同一顆胎痣
看著同一張喜帖
同樣的淚掉落

「驚破壞氣氛——」

緩緩唱著同樣的歌
「誰都不知我心底有多暗」

註：歌詞摘錄自陳奕迅《打回原形》；一切從這裡開始，也在這裡結束。

蝴蝶

——記抑鬱症患者

從某天開始
遺憾就在臉上結出一道道疤痕
與旁人的蔑視相對
她不知道
哪裡有賣去疤的藥

風景人物在漩渦中扭曲
混和著　下個不停的雨

在她眼前流過
她分不出
流過的是雨水　還是淚水

她嘗試把兩扇窗都大開
卻找不到月亮
連星星也沒有的黑夜
拿起酒杯斟酒
也只會斟出一樣的漩渦

把空酒杯放回原位
停在半空的手維持著花的形狀

當蝴蝶飛越黑夜
在她手背輕輕降落
她終於記起
每個迷失於惡夢的夜晚
總會有同樣的微溫
輕暖著她的手心

她找到了
他仍在尋找

繪本發佈會

當太陽從地平線上升起
我就知道　一場集體婚禮將要開始
在美高峰的宣誓中
我親手將兒女交給他們
眼神同樣如星的他們

書店老闆用陽光織成一片紗布
覆在我漸漸消腫的傷口上
說著慶幸　我跟冷硬的滑鼠分了手

他懂得用指令複製出筆觸
但無法理解
和友人共嘗一壺美酒之後
那驀然酣暢的演繹

某一夜　我決定在他面前遺下蛹
張開一雙輕嫩的翅膀
飛出窗外
跟筆尖展開漫長的舞蹈

美術老師說過

我第一次的描摹總是最美
她大概看見了新生兒的笑

正如母親用十年的木材造成紙漿
彎著腰壓成了一百頁
由學填色開始　她握緊我的手
直至　在鮮製的畫紙上
我點成了鳳凰木第一朵花

無線網絡

在漫遊的網絡裡
Wi-Fi 似乎是唯一的出路
這答案　和單身與否的選擇題一樣
淺顯

沒有地圖可循
我開始了尋找的行程
放下寂寞的半徑
左右耳機卻在胸前糾結

要多少個詞語來描述你的位置
你是一道上鎖的 Wi-Fi
為此

我讀過一面又一面
陌生的街道牌

如果我告訴你　我總是迷路於
訊號的強弱之間
接通與失聯之間
「伺服器問題請先檢查網絡」
「選擇網絡然後輸入密碼」

鍵盤上的手指仍然躁動不安
你突然端來一杯咖啡
開始輕輕揭曉
密碼的長度以及　難度

親密的隱喻

這邊廂　一對機師同事終成眷屬
一台電視機
足以分開兩個時空

那邊廂　你有太多文件要簽
我只能夠混入其中一份
請示批核　就走

公司四周都有閉路電視

還是我要努力偽裝
做你手上那枝筆

海裡太多暗流
我們只能一前一後游過
直到黑夜
沒有制服的黑沙海灘上
我們緊緊相擁

日記

你遞給我一杯雞尾酒
特調的
你剛好喝了一半
迷幻的燈光混和著你的鼻息

我們相擁著走出酒吧
找一個空曠的地方數星星
然後在黎明時分
開始　交換日記

長睫毛加休閒襯衫牛仔褲
翻開封面之後
每一頁卻是那麼平白

跨過電腦屏幕尋找虛寶
你沒聽見我關門的聲音
走入場景跟主角一同流淚
我沒能打動你閉合的眼皮
我們甚至為了
某兩頁夾著女性友人的贈券
劃過楚河漢界

帶著半醉的我在讀
熟睡的你一轉身
那刻著我唇印的手環
也揮出一弧銀色的微笑

桃花崗

——寫於案件開審之前

曾經　以未到一米的高度
我自以為穿過了
那矮枱矮櫈的小人國
卻看不透
那自由飛舞的炊煙

咖啡渣突然卡住喉嚨
一如卡在國土中央的挖土機

想咳也咳不出來
是要懲罰我嗎
這個倦極知還的負心女子
回來　只為了這杯隨時消失的咖啡

多年光景
如何能一飲而盡
小城再次上演一節老梗橋段
負心女終為癡情男正名
手上的咖啡越喝越澀
名字越正越苦——

「桃花崗」三個音節
在雙唇間抿成一條幽深的縫
在這個城市裡
有太多我們已經吞下
一邊倒數被蠶食的滿月
四年來　我們第一次學習反芻

我們低著頭
巨型鋼臂伸出捕獵角度的一刻
難道還有其他選項
卻忘了
春天確實存在

在地盤旁的嫩芽裡
在鋼臂的銹蝕裡

春天確實存在
在斷成兩半的小路裡
在鐵閘的空隙裡
炊煙沒有停止遊走
我倆牽著的手沒有鬆開
今後的每一夜仍然失眠多夢
我倆隔著鐵閘等待
未知是晴是陰的白晝

颱風

選舉激不出海嘯
不服的颱風誓要掀起
被掃到路邊的角落的縫隙的
每一件垃圾

關外的空氣總是自由一些
把殼都拋在老家
蝸牛以為軟體動物理應受到保護
本地的甲蟲卻螌出

一道又一道傷口

無法避過惡臭的我們
只能揮手求救
「不載了
西灣大橋引橋塞得要命」
黑色甲蟲不斷快閃的街道
從未如此陌生過

身旁的司機慨嘆
大家都只是瘦弱的工蟻
我們能如何回答

我們竟然要掙扎尋找
名為「澳門本地人」的最後護蔭

東望洋燈塔

自從我與高采烈的蹦跳
碰上那緊合的門縫
有更多時候　就如現在
我和燈塔　總是維持著一種對望的姿勢

打球的汗水是現在式
汗乾一剎我們也讀懂了
第一本過去的書
然後　遊行呼喊出未來的路

因為忘了抬頭
我們完全沒有發現
您那一個半世紀的肩膀
如何一直頂著
我們身後複雜多變的雲霧

直至某個子夜
我是如何傍徨地
從山頂醫院急症室拖出一個世界的重量
同時第一次飄流於您的眸光中
昏黃如霧燈

隨著海岸被填得越來越沉重
我從港澳碼頭開始出逃
鄰座的乘客開始議論
客量的問題
旅遊業的問題
高度與發展的問題
我始終逃不掉　這些
既定航線上的大小島嶼

在同樣一片昏黃中回航
我執意找尋您的雙眸

「一切都是家的問題」
這句回答就如您的輪廓一樣清晰
就如您多年的堅持
準確無誤高舉　白綠白
還是如今的　綠白綠
又有多少能讀懂這刮風的天候

螢火蟲與榕樹林

按照約定
我在老地方等你
在你凱旋而歸的一晚
一個沒有螢火蟲的晚上

我描畫過的榕樹林
你牽著我的腳步是那樣輕
雛菊在腳下盛開
漫舞的螢火蟲歇息肩上

我們在對方眼裡　閃著微光

即使一覺醒來
你手心只能握著
一紙冰冷　酒泉的出入許可

我們每晚都交換著視頻訊號
你拿出星空這塊黑板
一晚介紹一顆星
正如
基地只讓一座發射樓聳立
你肩背越發厚實

只為承載十三億人的重負
訊號在空曠的草地上
傳得格外清楚

我們每次都隔著屏幕
玩著數碼時代的捉迷藏
站在星空的黑板前
穿上太空衣之後
請示出征的一刻
我捕捉到的
總是抬著頭的你

傳說只有神祇才能上天下地
第一站天宮
你畫著分享會的路線圖
畫出一條龍的形狀
由家鄉開始

按照約定
你到老地方找我
卻遲了半句鐘
你說你不認得了回來的路

傳說神祇會解救眾生

一株株榕樹目送一個個孩子離開
對風沙炙熱的猥褻隻字不提
然後任由等待
抽乾她們一生的淚水
然後

這晚你訝異地發現
螢火蟲都不在了
我只能回答說
螢火蟲們等不下去了
更何況
你根本不是神

家鄉裝扮上一身歡迎的紅色
但我並不是你的新娘
一大群小孩還等著我上課
除了中英數
還有　從一顆種子開始
與最後一株榕樹
相依為命

累贅

也許我只是一直在蒙著雙眼
以為就會看不見
人心變幻　太快
像衣服穿上又脫掉

所以坐在星空下
獨自　赤裸
拋開數量過份膨脹的虛詞

夜鶯

——致辛波絲卡

「看來艱難的任務總要找上詩人」——
一隻夜鶯飛到我的面前

外面下著冷雨
把這物種打得有多零落
新聞不會報導

早就習慣了命運的玩笑

您停在我肩上
雨再大也無法沾濕您的羽翼
就如我找遍整個樹林
再找不到　您胸膛的起伏

我們感傷而沉默
但身旁的茉莉、鳶尾、羅漢松、細葉榕
以新芽、花苞、嫩枝、樹蔭各種話語
鼓動我們
那曾經是「必要而不可能」的
對話

舊澳大的信仰

「要開啟這些門　必先參透
往返大豐樓與圖書館的過千苦行　以及
文化中心課室前的迎面烈風」
大豐樓的迷宮內　教授如是考驗我們的虔誠
每道門扉都在緊守　智者的謎語

當我靠著欄杆思考
一瞬間　我彷彿看見了
布萊克與黃哲倫看海的背影

九龍壁下一群杜鵑花
燦爛地對我笑了

畢業後　山下的景物變得太快
我沒打洞的學生證卻一如往昔
這長命斜上　我們從未停止
用沉實的腳步　複習謙卑

註：威廉・布萊克（William Blake），十八世紀英國著名浪漫主義詩人及畫家，著有詩集《純真之歌》、《經驗之歌》等。
黃哲倫（David Henry Hwang），美籍華裔劇作家，著作包括知名戲劇《蝴蝶君》，近作有《中式英語》。

發展

在這笑臉迎人的小城裡
晴天總是毫無疑問
當中包括
路上突然熱情的陽光
裝點著
最新產品的廣告
我們已經習慣
用消費刺激經濟
正如我們會為添置新衣飾

而清理衣櫃
丟棄一條發黑的銀項鏈
也因舊款而毫不猶豫

在這繁華的十字路口上
我們總被指示前行
如何去消費一座城市
如何去丟棄
一幢發黑的修院
丟剩一個有待填補的0
陌生的陽光灑落
刺痛了我雙眼

我決定在對面立成懺悔的1
前行的腳步沒有減慢
人潮企圖把我淹沒
淹沒不了這　堅持的1

臉書

我以為
飛到那藍白交織的天空
就是一種逃逸
在以為約好的航線上
拿出一張又一張合照
捆上熟悉的字眼
放飛一個個尋人啟事
遼闊的天空沒有飄來雲朵

擱置了一幅只塗了底色的畫
還有她輕浮的指模

滑鼠一下一下點擊
點綴了脈搏
房間依然空蕩

別開流連天空的眼眸
對上窗前那把雨傘
他收起傘沿時小心的摺痕
粗壯掌心的餘溫
一伸手　就觸得到

奔

自從一次偶然的餵飼
貓伸出倔強的爪
在反方向把我逐步扯回
一秒回眸
下一秒翩然躍過
長滿利益和是非的柵欄
再次對上那溫柔眼眸
以為距離在藍天下可以目測

我拔腿奔向你
碰上柵欄的暗刺
然後刺出幾滴鮮紅

猶如遭到劫匪搶掠
心存餘悸還是　慶幸
苦心藏起的證件搶不去
當傷口重新扯動時間的發條
把柵欄逐步拋在身後
我仍然可以
把痛意　把你的名字
如珠寶般緊鎖喉間

拼圖

趁你閉著雙眼沉睡
我繞過你的夢
悄悄降落於　你的床沿
用多出來的體重
換取這難得的距離

我看著我的
也看著你的　拼圖
每套總是缺了幾塊

注定要等待填滿

嘗試從一堆對話中雕刻出
某一塊的輪廓
缺口卻取笑我工藝的稚嫩

旁人笑我狠不下心
執起美工刀微調缺口的形狀
刻出我緊緊嵌入的願景

我無法下刀
因為　微調你的笑容以後

彎月將從此被削去一半弧度
我繼續待在你的床沿
沉默　直至第一道晨光劃過

寵物

我們習慣了
一切陳列好可供選擇
例如寵物
例如要不要用報紙　樹立一座墓碑
從大龜被扔的位置開始悼念

那是位於湖畔大廈的震央
在填平裂縫之前
我們先點起二千把火焰

從塔石廣場出發
努力把未發芽的悲劇　燃燒殆盡

火焰未免太危險
家長們如此談論著
「一部不需低頭蹲身的法律已經足夠」
如此射著水柱宣佈

是的　我們自小就被教導
我們是萬物之靈
因此不需低頭蹲身
也就沒有聽見

牠們就算能夠也只能在腳邊的
低喃

「生命不是為了討喜」
因此我們都甘於彎腰
留言和轉貼織出一個個狗窩
貓砂和魚糧寫下一頁頁契約

我坐在地上看著滿城死灰
兩隻幼龜在旁邊悄悄蛻皮
小嘴開合
那是近乎不可聞的話語

「世界小如瞳仁
你就是我們的一生」

手語新義

從不起眼的一株開始
鐵閘與鐵閘之間
愛　開得嬌弱如花瓣

第一次花開以後
我們在每一個白晝重複地誠惶誠恐
學習了解葉子的下垂
修剪未蔓延的黃
或密集得過分的綠

如平凡日子中的擁抱
我們認真澆水換盆
在之後的花苞與花苞之間　小心翼翼

從來不是氣象局預報說的準
在四季的空氣中
我們努力讓愛凝結
那是一個又一個的　手語

一個名叫澳門的小城

有人說過
回歸前的日子像初戀
過去的就是過去了

其實這只是
血液在動脈與靜脈之間
又一次交替
流動在
我那從黑沙環到九澳的血管

也有人說
要把這小城打造為一名驚世美人
就開展了一個個地盤
大大小小的整容手術

二龍喉公園長居的黑熊
觀望得一臉疑惑
小熊你知道嗎　我們試過
把我們的關注煲成六十萬碗中藥
但都被填海的泥土掩埋了
被天價的樓盤壓碎了

我們甚至來不及保護
九記冰室那幾十年的特調黑牛

就算如此　我們仍要繼續
用青春
在不變的黑沙海灘燒烤
如儀式
當我將路氹紅樹林的記憶烤得正旺
本地和外勞同事們的眼神
也一一烤暖了

讓我們約定

在每一個放假的日子
共同編織一個又一個紙紮燈籠
在那未施妝粉的婆仔屋　高掛

蝸居

我們自小就懂得
一看到米缸沒米就發愁
悲天憫人
卻忘了擁抱

報紙在身邊築起一幢幢黑白
偶爾　我們只想剪出一條
回到蝸居的細縫

窗外麻雀們叫得天真無邪
我們手牽著手
靜聽

後記

這本詩集出版的時候，我和文學的緣分也已經十二年了。

在升讀大學的十字路口毫不猶豫步向英文系，而且知道自己將會與英文文學邂逅之後與奮期待，那時我就隱約有種預感，除了四年大學生涯之外，有什麼漫長的要開始了。果然，臨近畢業的那段日子裡，自己不禁思考的是，這份緣該何去何從。那時翻閱著的一些港澳中文新詩，就正好給了我這個社會新鮮人最好的答案——自己寫，用自己的母語寫，換別的方式別的身分來延續。

大學畢業時澳門賭權開放才沒幾年。因為突然膨脹的需求，因為明顯的高薪，大批居民加入全職莊荷的行列，當中有不少才剛中學畢業而已；有部分其實為家庭生計所苦，有更多選擇認為，賺錢旅行吃好住好就是生活的全部。

一年又一年過去，越來越多人去反思，去對這價值作出微調，甚至去尋求另外的選項；然而，絕大部分同輩八〇後和九〇後，對於身邊有朋友從事文學創作，給予的往往只是一句「是嗎」，或者是直接轉移話題，諸如此類的「回應」。

在曾任職多年的酒店裡，所屬部門的總監得知我一直有寫詩並準備出版這本處女作時，他的回應倒完全出乎意料：

「我很好奇，寫詩是不是就是……有些想法實在不容易說出來，於是這樣寫出來好更能讓大家有共鳴呢？……那你要經常有很多的思考是嗎？」

他對文學其實並沒有怎麼涉獵。他的回應在在說明了，一切都是願意理解與否的問題。

願意理解與否的問題某程度上也是幸運與否的問題，而我無疑是幸運的其中一個，因為有他們：我媽媽，學歷不高但創作路上一直有她默默支持著，〈梯邊小花〉一詩就是在我得知「漂母杯」比賽徵稿之前就已經寫成而特別獻給她的；林兆文老師，面對升大時出現的突發狀況，慶幸有他伸出援手並一直不吝鼓勵；詩人邢悅，這本詩集得以面世他的鞭策和支援不可或缺；詩人洛書和俊瑩，感恩有她們在出書前後的支持照應；詩人賀綾聲，最早發現我發展的可能性並在《澳門日報》「文學新氣象」系列給了我大半版的舞台，在詩集準備期間二話不說給了我不少的幫助；編輯孟京，她對我作品的厚愛可說是為我打了支強心針。

我要在此致謝的，當然還有斑馬線文庫主編榮華以及文庫的同仁，《香水的餘地》能夠完整呈現在眾讀者面前，有賴他們的勞心勞力；最後就是為這本詩集慷慨獻序的呂志鵬先生、洪嘉勵小姐、莊文永先生以及游書珣小姐（按姓氏筆劃排序）。

近作〈手語新義〉見報當天，恰巧洛書的專訪、俊瑩和另一位別有天詩人花冰的作品都刊登在同一份報章上。當我還在訝異於這偶然的交會，洛書冷不防說了一句：「雪堇變得更女人了，更溫柔。」

莊文永先生在他的序言中也用了「柔軟」、「幽婉」這些形容詞。部門的舊同事讀到這裡的話大概都會失笑，始終我們每天面對各種客人，與多個不同部門打交道，很多時候都在「拆彈」，像打仗一樣，那是如何的一種反差。

當我把自己的一首首作品投到「現實批判的大火堆中」，燒出來的又是另一種反差，在澳門這些年來的問題和議題面前，成了必然：桃花崗一眾小販被無良商人企圖霸地迫走，的士行業挑客拒載濫收車資歪風嚴重，東望洋燈塔世遺景觀險受山下建築項目威脅，政府官員推「離補法」涉嫌自肥令社會震怒，數量激增的外地雇員與本地居民矛盾加深，旅遊業發展與居民生活環境之間逐漸失衡……呂志鵬先生說我「總擁著錯誤的覺悟」，誰叫我們生存的時代從來不是什麼太平盛世，行走其中總免不了揮動這樣的一把劍。

陳綺貞在《Gigs 搖滾誌》的專訪中，對於「詞的創作軸心對你來講是什麼」曾有這樣的回答（二〇一二年九月／第四期）：「我覺得應該是……應該還是要傳達一種善意，不管說你寫的出發點很有可能來自於一個惡意的東西，或是來自於一種傷害，或是其實你是想要反擊。」數字「十二」剛好就是「周期」的常用象徵，在我身上無論是哪一種反差，貫穿一個周期所為的只是，不被和諧而努力傳達和實現，那殊途同歸的，溫柔的可能。

作者簡介

雪堇，本名劉素卿，非典型雙魚座，澳門土生土長八十後，澳門大學英文系學士，別有天詩社成員。曾獲首屆淮澳兩地「漂母杯」詩歌類優秀獎，及第十一屆「澳門文學獎」新詩組優異獎。作品散見於港澳報刊、詩社合集《迷路人的字母》，並入選《二〇一四珠港澳詩選》及《年度澳門文學作品選》（二〇一〇—二〇一四）。

國家圖書館出版品預行編目（CIP）資料

香水的餘地 / 雪堇著. -- 初版. -- 新北市：斑馬線, 2016.08
面；　公分

ISBN 978-986-92461-9-4（平裝）

851.486　　105011246

香水的餘地

作　　者：雪堇
編　　輯：施榮華

發 行 人：洪錫麟
社　　長：張仰賢
製　　作：角立有限公司
出 版 者：斑馬線文庫有限公司
法律顧問：林仟雯律師

總 經 銷：楨德圖書事業有限公司
地　　址：新北市新店區寶興路 45 巷 6 弄 7 號 5 樓
電　　話：02-8919-3369
傳　　真：02-8914-5524

製版印刷：龍虎電腦排版股份有限公司
出版日期：2016 年 8 月
I S B N：978-986-92461-9-4
定　　價：200 元